KB102824

그녀의 머릿속은 자주 그믐이었다

反詩시인선012

그녀의 머릿속은 자주 그믐이었다

하외숙 시집

| 차 례 |

1부 빗소리 베고 잠든 날 허다했지요

2부 뿌리도 없는 것들이 어찌 천 년을 사는지

3부 빈집에 풀씨 날아와 속절없이 번지고

4부 북방의 장미를 아시나요

| 1부 |

빗소리 베고 잠든 날 허다했지요

장다리꽃

어둑한 다용도실 안에 무꽃이 올라왔다

깊은 어둠 속에서 싹을 틔우는 야생 기질은
흰나비 노랑나비 불러들이지 않아도
비밀연애 탄로 난 게 아닐까

검정비닐 속 캄캄한 시간 빠져나와
맹랑하게 핀,
본성은 명랑 쾌활일 수도 있겠다

오늘도 주둥이 꽁꽁 묶인 어두운 골방 안에서
줄기 쑥쑥 올라와 핀 장다리처럼
꽃대를 밀어 올리는 나의 시

한 줄기 빛조차 스미지 않는 보꾹 낮은 방
허공중에 매달려
싱싱한 남새로의 환생을 꿈꾸는

까치집

쪽창 너머 졸참나무 한 그루
명상에 잠긴 듯 함박눈 맞고 있다

빈 둥지처럼 정 붙일 곳 없는 한설의 시간
북풍에 무심히 흔들리는 저 나무와 내통하는가

사락 사르락
고독이 하는 말을 들으면 돼*

하얀 침묵 수북이 쌓이는 북향집
거친 바람소리에 밤새 귀가 가렵다

새들은 가을 건너 어디로 갔는지
졸참나무 우듬지 간당대는 떨림으로
물음표처럼 매달려 있다

* 말라르메가 발레르에게 한 말.

결빙의 시간

해가 뉘엿뉘엿 질 때까지 눅눅한 벽지에다 일기를 써요
전화기가 온종일 귀찮게 보채거나 울리지 않아요

어떤 날 귀 파다 콧구멍 후비다 집을 나서
개미행렬 끝까지 따라가도 바람조차 다가오지 않아요

개울 건너 늘 비어있는 정자 이름 지어볼까
풍류정 독거정 휴휴정 심심정 미운정 고운정 깊은정……

한나절 내내 말 걸어오지 않는 부재중 당신

오늘 밤 당신의 위로가 필요해!
문자 보내도 묵묵부답,
불면은 습기를 머금고 청승은 독버섯처럼 자

라요

빗소리 베고 잠든 날 허다했지요

그물코 꿰듯 홀로 지샌다고 아침이 오지 않는 건 아니에요

수면과 불면 사이

침실은 수면 아래 침몰한 한 척의 배
파도에 떠밀려 실종된 잠은 밤의 부유물
출구를 찾으려 해도 떠오르는 부표가 없다

방구석에서 맹목적으로 돌아가는 선풍기
사방의 벽마저 실어증에 걸려 침울한 표정
천정의 꽃무늬 벽지도 냉소적이다

햇빛이 실로 눈부실 때는 울고 싶었다

간병인조차 없는 밤은 무섭게 되살아나
쏟아내는 스탠드 불빛 환청으로 들리는지 혼잣말,

약은 먹었어? 잘 지내지? 오늘 하루 어땠어?

죽음 그림자와 함께 밤마다 판독되지 않는 가위

눌림

비밀 삼키듯 또 한 알 털어 넣으면
바다 한가운데 난파선처럼 가라앉는 몸

벙어리 피아노

고래만 한 덩치로 뒷방 늙은이 신세
지치고 무거운 다리로 문밖 나설 기력이 쇠했는지
낮볕 따가운지, 꼼짝없이 들숨 날숨만 쉬고 있나

저 하얀 건반 위, 가느다란 달빛의 손놀림
잔잔한 호수가 되었다가 거센 물줄기가 되었다가
지느러미 파닥이며 저 구름 위로 날아오르고 싶다

벙어리처럼 굳게 입 다문 피아노
문틈 새어드는 바람에도 관절 마디마디 삐걱거리고
바다에서 건져 올린 폐선처럼 붉게 붉게 녹슬고 있다

개망초

소소한 바람에 자주 흔들렸네
망할 망으로 태어나 망친 날도 많았네

바람을 원망했지만 기댈 곳도 바람뿐
햇살로 둘러싸인 지붕 없는 들판이 나의 울타리

씨앗 하나 홀씨 하나 길이 되었네
길 따라 바람 따라 무리 지어 피어난 하얀 백성
그 속에는 나의 노란 영혼인 침묵 담겨 있네

길 위에는 항상 별이 떠 있었네
그 별에는 그리움이 자라고 있었네

소슬바람처럼 무명의 길로 다시 가야지
호명되지 않아도 묵묵히 혀꽃 피우며

주름진 골짜기마다 가을이 깊어 가네

바람의 가출

며칠 잠잠한가 하더니 바람이 또 분다

유목민 피가 흐르면 속수무책이지
빗장 걸어놔도 널뛰는 방랑벽은 담장을 넘듯
길 떠나는 것들은 바람의 본적지를 기억하는지
물비린내 풍기는 강가로 찾아가지

쓰러진 나무 둥치에 걸터앉아 바라보는 강 건너 노을
강나루 덤불 사이 새들의 날갯짓 푸드덕거리고
큰물진 강물로 너울 뒤집어쓴 미루나무
쿨럭, 쿨럭이며 가끔씩 돌아눕는 강물

강가에서 마주친 것들은 서로의 고향을 묻지 않지
바람의 귓속말, 노을빛에 한동안 빠져 있다가도
자그럽자그럽 쌀 씻는 저녁이 오면
익숙한 밥 냄새 따라 자박자박 집으로 돌아오지

하루를 한껏 잡아당겼다가 슬쩍 놓아 버린 고무줄처럼

꽃 몸살

매화 가지 발그레한 봄날
쑥 유채 진달래 봄까치꽃 따라 먼눈팔기 좋아, 멀건 대낮 볕에 홀려 엉덩이에 뿔난 망아지마냥 들로 산으로 쏘다니더니 단단히 탈이 난 게다

꽃 몸살이란다

마른침 삼킬 때마다 목구멍은 잔뜩 독 오른 엄나무 가시로 쑤시듯 입천장까지 확 부풀게 하더니 고압선 기류는 귓속까지 쳐들어가 붉은 산벚꽃 피우는지 귓가에 윙윙 벌떼 날아다닌다

화무십일홍이라

기가 막혀 귀가 막혀 풀 죽은 듯 열하루를 꼬박 앓던 지독한 봄날도 산벚꽃 하르르하르르 떨어지는 봄비에 산비둘기 따라 구구구 사라졌다

산정 저수지

쥐 죽은 듯 고요한 저수지
건넛산 공동묘지 입 봉한 무덤뿐

못 박힌 가슴 울분 차오르면
천불 나는 속내 고래고래 토해내도
묵묵부답,
내색 않는 저 수초 같은 여자

때로는
수장된 하늘에 돌팔매질 해대다
물속으로 확 뛰어들고 싶은
골짜기 같은 비밀 절대 발설하지 않는
속 깊은 저 여자

그믐

잠이 먼지처럼 달아난 밤 바깥은 캄캄한 절벽
도둑고양이가 찾아왔는지 창문이 조금씩 덜컹거렸다

불 꺼진 방은 누구에게도 들키지 않을 수 있어
달 없는 밤에는 떠나간 것들이 돌아오기 쉬워지지요

드물긴 하지만
닿지 못할 아주 먼 곳에서 찾아오는 이도 있지요
낯익은 얼굴들 불쑥 말을 걸어오지만 이름이 생각나지 않아요

그런 때가 있잖아요
전신거울 앞에 드러난 젖은 나신에 잠시 도취된 적 있지만
어둠은 비밀을 만들어 달 속에 숨길 때 말이에요

잘려 나간 기억 어루만지다 밤을 새하얗게 새워
버린 날
그믐은 까닭도 모른 채 쥐 죽은 듯 절정이지요

기억의 손목을 꽉 움켜잡고 놓아 주지 못한 채
고립무원에 벗어둔 어둠의 늑골들 아무런 대답
도 하지 않아요

누군가 빠져 나가는지 커튼 자락이 흔들린다
깨어 있을 때도 그녀의 머릿속은 자주 그믐이었다

모서리는 서럽다

그녀의 취미는 조약돌 줍기
뭇 섬에 다녀올 적마다 슬쩍슬쩍 갖다 옮긴 게
유리진열장 속에 섬들이 옹기종기 모였다

늘 모서리에 붙어 앉는 그녀
책 귀퉁이도 접지 않는 그녀
날선 칼날로 깍둑깍둑 무를 써는 그녀
그녀가 바닷가 몽돌을 만나고부터 한없이 둥글어졌다

예리한 눈빛, 오똑한 콧날이 세상의 중심이라 여기며
스케이트 날 세우듯 예각처럼 살았다
굽히고 꺾이면 지는 것이라 배웠다

모서리는 자존심이라 되뇌던 그녀가
차르르 차르르

몽돌이 바닷물에 씻기는 소리에 맥없이 무너진 것이다

가파도

가파르게 살다
가파도 간 이유 여기 있었네

수작 부리는 바람의 구애
미친 듯 너울너울 춤추는 흰 파도

구멍 뚫린 가슴으로 된바람 숭숭 파고들면
섬 속의 섬, 네가 숨 가쁘게 그리워
해안길 갯무꽃 불붙은 듯 피어나고

몽돌이 멍들어 가네
까맣게 타들어 가네

| 2부 |

뿌리도 없는 것들이 어찌 천 년을 사는지

와온해변

감춘다고 감춰질까 슬픔이란 것

바다가 빠져나간 갈비뼈 사이 드러나는 숨구멍들
무채색 갯벌에 한 줌 석양이 비추면
아득한 수평선 너머 불탄 흔적처럼 또렷하다

마른침 넘어가는 소리마저 숨죽이는 핏빛 노을
솔섬에 붉은 해 길게 누우면
꽉 다문 갯벌에 다시 핏줄이 솟아올라
하루에 한 번은 온몸 뜨거워진다

또다시 사랑을 훔치고 싶다면
순천만 동쪽 끄트머리에 누워 있는
와온으로 오라

바람의 유령처럼 당신은 늘 떠나려 한다

공항 가는 버스만 보아도 자꾸만 달뜨는 당신, 강아지와 산책 나가듯 끌고 나가는 캐리어 바퀴 소리에 달달달 설렘과 떨림도 함께 굴러간다는 당신, 높이 오른다고 다 보이는 건 아닌데 종종 까치발을 하네요 아주 가끔 무료한 낮잠에서 깨어나 아주 멀리 떠나고 싶다 말할 때마다 공황장애를 앓던 우리

푸른 바람의 유령을 닮았는지 당신은 늘 떠나려 한다 낡은 지도 한 장 달랑 들고 이글거리는 태양 아래 그늘만 골라서 무작정 걷다가 밤이 되면 소극적인 당신, 밤하늘 빛나는 별자리를 찾겠지요 오랫동안 잠 못 들게 한 첫사랑의 부름에 응답하듯 촛불의 야릇한 미소와 뜨거운 눈물 흘리며 사교적인 긴긴 밤이 되겠지요

바람의 변주

먼저 말 걸어오는 바람을 좋아하나요?

뿌리도 없는 것들이 어찌 천 년을 사는지
아무도 가르쳐 주지 않고
길들여지지도 않는 수많은 바람의 길

신발도 신지 않은 채 그림자로 따라다니다
어두운 밤길 달리면서도 멈출 수 없는
태풍처럼 심장을 관통하고 떠나는 바람의 등

창문을 열고 구월의 달력을 넘기자
이해할 수도 설명할 수도 없는 펄럭임
굳은 언약도 무의미해지는 순간,
바람이라 했네

깊이를 알 수 없는 숨겨진 비밀은 한 순간이었던가

수시로 베갯머리 파고드는 달뜬 몸살은
풍로의 바람처럼 활활 타올라
당신이 아니었다면 꽃을 피우지 못했을 것을

꿈결에 일어나 흐느끼는 바람을 본 적 있나요?

꽃등

홍매화 애터지게 붉은 날
천지사방 바늘 꽂을 틈 없이 매달린 꽃봉오리
그제사 봄이 온줄 알았다는
당신

봄은 늙은이 입가에서 시작되는지
틀니 뽑아 햇볕에 말리는 합죽이 할머니
꽃나무 접붙이다 정분난다는 이야기에
매화꽃 살구꽃 덩달아 벙그네

'화향백리 인향천리 시향만리'
오가는 봄이 여기 있구나

꽃그늘 아래 드니 절로 나오는 콧노래
흐드러지게 풀어헤치다 하얗게 날아간 청춘
벚꽃 공양 줄 거리마다 늘어진
봄밤도 환한

게발선인장

슬금슬금 옆으로 기어가던 꽃게발처럼
그 사람 어디론가 떠나 버리자
시름시름 말라가는 게발선인장

애끼손가락 약속 불씨 될 줄이야
길게 늘어뜨린 줄기 마디마디 불꽃 피었네

활화산처럼 타오르다
불새처럼 날아오르다

허공중에 떨구는
붉은 혓바닥

편의점 앞 꽃다발자판기

거리 곳곳 오가는 사람들 눈길 사로잡는
장미 튤립 마가렛 안개꽃 여자들,
첫눈 같은 애인을 마냥 기다리고 있다

어느 날 당신이 내게 불쑥 내밀었지
비에 젖은 신문지에 감싼 분홍장미 한 다발
로맨틱하다 해야 할까 야생미 넘친다 해야 할까

꽃 싫어하는 나비 봤어?
당장 너의 고백 받아줄게!

솜사탕을 무게로 재어 팔지 않듯이
사랑을 꽃다발 무게로 재지 마세요
남자의 첫사랑은 무덤까지 가져간다고 하죠

하얀 면사포 칸칸이 들어앉은 예쁜 신부들
영혼까지 살아 숨 쉬는 듯 환하게 웃고 있다

오늘은 고백하기 딱 좋은 날
사랑스런 당신께 무슨 꽃향기 선물할까요?

등

부부끼린 근친상간이라는 세간의 농弄도 잊은 채
새해 앞두고 삼대 구 년 만에 나란히 누웠다

하 수상한 시절 치약 전쟁에서 리모컨 전쟁으로
허구한 날 밥타령 돈타령, 때로는 황소고집에 침묵시위로
빗금치고 돌아누운 비무장지대의 밤
등이란 말이 갈등에서 생겨났는지
등골 사이 깊은 강 흘렀다

얼마나 자주 벽을 보고 돌아누웠으면
오른쪽 어깨가 고장난 남편, 왼쪽 팔이 탈난 아내
하루에도 골백번 핵폭탄 발언을 하고 싶다가도
시큼한 김치전 막걸리 한상차림에 금세 평화모드
한때 이글거리던 눈빛은 은은한 달빛으로

개도 안 말린다는 부부 싸움 밥 먹듯 하며

장롱처럼 삐거덕삐거덕 소리 내며 서로 닮아 가는지
밤이면 황토침대 위에서 뜨거운 남녀정상회담을 벌인다

혓바늘

말에도 씨가 있다는데
무심코 너에게 뱉은 말
햇빛 한 줌 들지 않는 세 치 혀 아래
움트고 있었던가

"이제 우리 영영 그리워하며 살자!"

뒤돌아서면 끝인 줄 알았는데
까맣게 잊고 지내다가도 자다가 혀 깨물린 것처럼
영영이란 말이 불쑥,
모래알처럼 씹히는 때가 있다

그런 순간엔
싸락눈같이 퍼붓던 사랑
밤이면 혓바늘처럼 아프게 돋아나기도 한다

어둡고 습한 동굴 속 종유석처럼 자라는
뾰족한 말들의 비애

벚꽃, 스캔들

냉가슴으로 들어온 봄바람 탓일까
풍문으로 날아든 벚꽃 소식 전해 듣고
봄볕 꼬드겨 나선 축제장

썸 타는 연인들 사이 비집고 앉아
낮술 취한 듯 눈웃음 날리며
기차는 온다, 아니 온다 꽃점 칠 때

눈 깜짝 새,
떼거리로 몰려오는 꽃잎도
분홍입술 훔쳐 달아난 바람도
너울너울 춤을 추네
와르르르 꽃사태 지네

연애의 종점

쑥부쟁이 풍경이 흔들리며 지나가고
경계선 밖으로 벗어난 걸 알아차렸을 땐
일탈이 아닌 운명으로 기억하고 싶었던 거겠지요

어쩌죠!
우린 들풀처럼 흔들리며 어디로 가고 있나요?

바람과 처음 손을 잡고 차차 시간이 지나면서
뜬구름 같은 당신은 종종 영원한 건 없다고 말할 때마다
대답하지 않아도 끝이 가까워짐을 느꼈어요

순환되는 계절이 벌써 몇 정류장을 지나도록
뛰어내리지 못하고 망설이다가
우린 내려야 할 목적지를 한참 지나쳐 버렸어요

밤이 캄캄할수록 달과 별이 빛나겠지만

종점은 왜 삭막한 외곽일까요?

낯선 길 위에 이제 당신은 없네요

길을 잘못 들어섰다는 걸 알아차렸을 땐
들풀처럼 흔들리며 별처럼 글썽이며
종착역에서 다시 되돌아가는 방법뿐이겠죠

내레이션

그해 겨울
일기예보에선 백 년 만의 적설량이라 했는데
밤새 눈보라가 들이칠지도 모르지

첫눈에 첫눈처럼 반해 버렸지
돌진하는 폭설로 길을 놓친 아득한 눈송이

눈 위에 눈은 하염없이 쌓여가고
눈처럼 차갑지만 눈사람처럼 따뜻해

입을 열기만 하면 뜨거운 심장 보일 것 같아
우리는 낡은 소금 창고처럼 조금씩 허물어지며
눈사람이 되어가는 중이었지

다시 돌아갈 수 없는 돌이킬 수 없는 설원
빨리 감기 버튼을 누른 것처럼 모든 걸 삼킨 눈보라

눈이 녹기를 기다린 우리의 봄은
로맨스 영화처럼 하얗게 하얗게 흐르지

늦봄, 봉정사

하늘에서 등불이 내려왔나 하얀 꿈길이네
찔레 때죽나무 쪽동백 산딸나무꽃

달마대사가 서쪽에서 온 까닭인가
영산암 좁은 뜰 부처님 머리에 내려앉은 불두화
청산 간 나비 떼 돌아왔나 가지마다 환한 꽃등이네

사월은 애기나비, 모시나비 돌아오는 달
보라!
꽃비 내리는 우화루 앉았다 날으는 저 흰나비 날갯짓을

| 2부 |

빈집에 풀씨 날아와 속절없이 번지고

신천지의 봄

입춘 지나 화신풍花信風에 실려올 신천지 기다리는데 국경 넘어 날아온 난데없는 신종 봄바람이 연일 특종감이다 둔갑술 상상초월이다 점점 차단되는 햇빛, 줄어드는 말수, 늘어나는 건 침울과 침몰뿐, 꽃망울도 자폐되어 말이 없다

여기저기 마스크 쓰고 가면놀이 중인지 시간도 병들어 교회 종소리도 납처럼 무겁다 무장한 도시 흙냄새 맡은 지 언제인가 봄이 오기는 오는지 불감증으로부터 격리 해제는 언제쯤 될까 티비 속 향기 잃은 산수유 매화꽃 명멸해 가는 병천지

내부 수리 중

와장창 요란한 소리
티비도 숨죽인 채 소음을 추적한다

아래층에 이사 온 신혼부부
주방 수도꼭지가 탈 났는지 변기 물이 넘치는지
드릴로 깨부수듯
남자의 목소리 콘크리트 벽을 뚫자
여자의 비명 역류하듯 위층까지 올라온다
새벽까지 이어지는 격렬한 진동에
우리집 까불이 몽이도 잔뜩 꼬리 내리고 있다

이튿날 엘리베이터에 붙여진 쪽지
"1004호 소음을 끼쳐 죄송합니다"

한바탕 폭풍 지나간 한마음아파트
금이 간 외벽까지 보수한 흔적 역력하다

스토커

세상에 이빨 없는 개는 없지

산책길 나만 보면 따라붙는 스토커
가까이 다가오면 무조건 피하는 건
가문의 혈통인지, 과거의 트라우마인지

보이는 대로 물고 빠는 족속
가는 곳마다 따라와 피해 다녔는데
어쩌다 눈 마주치면 눈꼬리 내리고 줄행랑쳤는데

멀리서 풀린 목줄 보는 순간
모골이 송연해
갑자기 늑대가 나타난 것 같아
지레 겁먹고 슬슬 꽁무니 빼는

저물녘

꼬리 달린 짐승의 검은 그림자보다
더 소름 돋는 일은 없지

노을 지게

그가 평생 해온 일은 무릎 꿇는 일이었다

이삭 팬 보리처럼 깔끄러운 자식들 타관으로 떠나보내고
밭장다리로 남대문 시장 비좁은 계단 오르내리는 사이
꽃이 피는지 잎이 지는지 청춘은 돌개바람처럼 휘리릭 지나갔다

작달막한 키 짓누르는 등짐 앞에 지겟작대기 하나로 버텼을,
그가 바닥을 치고 일어설 때마다 종아리에 푸른 힘줄 돋을새김하고
절뚝이며 어둠 속으로 사라지곤 했다

그가 지게를 닮아 가는지 지게가 그를 닮아 가는지
굽은 등에서 뻗어 나온 지겟가지

양쪽 어깨 착 달라붙어 내려놓지 못하는 굴레

구부정한 등에 노을 한 짐 지고 허우적허우적 걸어간다

비의 악기

빗줄기에 가슴 뚫린 사람들은 구슬픈 소리가 난다

변두리 오일장 찾아, 고무다리 질질 끌고 다니는 남자
늘어진 테이프에서 흘러나오는 트로트 음악은
오체투지 밑바닥 생을 긁어내는 소리인가
복작이는 지하철 맹인 부부의 하모니카 연주는
구걸이 아닌 구원의 처절한 몸부림일까

빗줄기가 웅덩이를 만나면 천상의 악기 소리를 내는지
파인 자리만큼 애잔함은 짙어지고
흙탕물 튀어올라 가슴이 멍울지지만
뜨거운 슬픔 소나기로 한바탕 게워내면
씻김굿 되어 신음 소리 잦아들까

빗줄기에 가슴 뚫린 사람들은 제 몸이 생의 악기다

헛제삿밥

집으로 다시 돌아오리란 희망은 비망이었나
대문 활짝 열어 놓고 기다려도 돌아오지 않는 당신
참 야속한, 깃 빠진 시간이었다

한때는 회오리바람도 부끄러워
돌밭 같은 세상 태풍에 몸 낮추고 살았다

쉬 잠들지 못해 덜거덕거리는 밤이면
현관에 남겨진 구두 한 켤레 닦고 닦으며
집안의 문이란 문 꼭꼭 닫아걸었다

살붙이 하나 남기지 못하고 비명에 간 당신
까마귀도 모르는 쓸쓸한 제사가 웬 말인가

목구멍으로 밥알 한 톨 넘어가지 않는 날이면
헛헛한 허기 때울 꽃밥 한 상 차려
저승까지 훨훨 뿌려주고 싶은 헛제삿밥

빈집에 풀씨 날아와 속절없이 번지고

나이가 들면 눈썹도 떠나보내야 하는지

너무 오래 사는 게 아니냐며
한숨짓던 앞마당의 감나무
무성했던 이파리 대신 형체만 남아 무망한 노인 같다

굽어보는 풍경이 절경이라지만
슬레이트 지붕엔 풀씨 날아와 속절없이 번지고
깨진 장독엔 그렁그렁 낙숫물 고였는데

사립문짝은 어디로 달아나고
기울어진 기둥이 겨우 떠받치고 있는
늙은 집,

허물어진 돌담 너머로
저녁 햇살 비낀 먼 산 바라보며

자꾸만 흘러내리는 바지춤 추켜올리는 터주 감나무

한 번 떠난 사람은
훨훨 다시 돌아오지 못하네

춤추는 섬

하늘과 바다가 낳은 푸르른 섬

봄바람에 실리어 느릿느릿 걷다 보면
돌담길 사이로 아련히 들려오는 진도 아리랑
"사람이 살며는 몇 백 년 사나
개똥같은 세상이나마 둥글둥글 사세"

산다는 것이 길바닥에 한 쌓는 일이런가
산자락에 초분 짓는 일이런가
아리 아리랑 쓰리 쓰리랑 아라리가 났네
떠돌이 소리꾼 애절한 북소리 장단에
하룻밤 속정 풀어내는 청보리 춤사위

미항 길 풍경에 취해 한 박자 쉬어가는 구름
느린 섬에 봄볕이 주섬주섬 찾아들면
그리운 정도 맺힌 한도 구들장 논에 묻어 두고
부신 햇살 푸른 바람으로 넘실대는 청산도

넝쿨손 부부

풍산장터 중앙길 25번지 공터 컨테이너 두 채. 칠 벗겨진 간판은 그들의 내력인지 녹물 번진 석경 의상실과 그 옆엔 붉은 도장이 양각으로 꾹, 새겨진 사주 도장가게가 부부금실 증명하듯 나란히 있다 태백에서 풍산까지 흘러흘러 왔다는 한쪽 다리 절뚝이는 그녀와 휠체어에 앉은 그는 두 다리 펴고 자 본 적 없다 굼벵이도 구르는 재주가 있다더니 그녀는 성한 양손으로 실밥 같은 삶을 한 땀 한 땀 박음질하여 색색 맞춤옷으로 내걸고, 그는 남의 사주도 봐주며 세상 든든히 떠받칠 뿔도장을 새긴다

오일장 서는 날 마주치는 사람마다 눈도장 찍으며 반기거나, 컨테이너 옆 텃밭에서 자란 달래, 냉이 캐 가라며 호미까지 내어주는 인심은 어디서 굴러왔는지, 잃어버린 신발 대신 두 바퀴로 길을 내며 굼벵이처럼 살아가는 부부, 빗물에 얼룩져 모서리 삭은 컨테이너가 버팀목인 줄 아는지 나팔꽃 넝쿨손 잘도 타고 올라간다

거름 손

그의 소싯적 꿈은 푸른 초원에서 소를 키우며 살고 싶었단다 그래서인지 무던한 황소를 닮았다 봄부터 고향 땅 들락거릴 때마다 완두콩, 상추, 슈퍼오이, 슈퍼옥수수를 무농약재배라며 두툼한 손으로 건네주더니 올가을엔 맛이나 보라고 자두, 복숭아, 슈퍼고구마 택배 상자를 바리바리 보내왔다

평소 말수 적은 그도 나무에 대해선 떠버리 박사다 잎과 열매 매달리지 않은 겨울나무 친구 애인까지 척척 맞추는 과수원집 후손답다 단단한 나무둥치 같은 뚝심에 불도저식 야심찬 꿈으로 소출 없는 과실수 확, 뽑아 버리고 핫한 품종을 심는단다

군대 말년 휴가 나와 부모님 농사 거들다 경운기에 잘려 나간 굳은살 박인 손가락이 단단한 연장이다 농작물은 주인 발자국 소리 듣고 자란다는 그의 소통철학이 구수한 퇴비가 되는지 심는 작물마다

풍작이란다 썩지 않는 거름 손 화석이 되어가지만
어련무던한 그가 지나가면 풀들까지 훤해진다

빨래

빨래처럼 그가 좁은 방 안에 온종일 널리는 건
오래된 일상이다

빛은 가리지 못하고 빨래는 쌓여가고
점점 밀리는 이자처럼 바닥에 떨어진 빨래들
반지하에서 조금씩 빛을 끌어당기는 중

장밋빛 꿈을 꾸며 채굴해보지만
마이너스 잔고는 입맛마저 앗아 가고
퀴퀴한 반지하 냄새 번지지 못하게
뒹굴며 온몸으로 쓸고 닦는다

계단이 많을수록 창문과 멀어지고
허공을 붙잡고 올라갈 밧줄 하나 없는
불을 꺼도 별이 보이지 않는
금이 가는 벽

한 평 남짓 방,

마르지 않은 빨래가 천장에 오래도록 매달려 있다

독거

뉘엿뉘엿 지는 해도 아까워
땅거미 몰려오는 고갯마루 산책 나오신 건지

노인의 지팡이 소리 점점 가까워지자
꼬리 치는 그림자 하나 종종걸음으로 다가온다

도꼬마리처럼 곁을 따라붙는 건
옛 주인에게 맞아 한쪽 다리 절뚝이는 강아지

둘 사이가 멀어지면 이내 속도를 내어
가다 서다 반복하며 팽팽한 거리를 유지한다

어느덧 종점에 나앉아 막차를 기다리는 노인
길섶에 하얗게 핀 개망초 끝물 같다

오늘은 늘 따라붙던 강아지도 보이지 않고
구부정한 제 그림자 데리고 빈집으로 돌아간다

| 4부 |

북방의 장미를 아시나요

살구의 시간

살구가 맨바닥에 낙담처럼 떨어져 있네

높은 나무에서 떨어지는 꿈은 키가 큰다고 믿었던 시절
놀이공원에서는 두 손 꼭 붙잡고 있어야 한다네

자전거 처음 타다 엉거주춤 핸들 놓칠까
갈지자로 굴러가는 어린 딸에게
멀리 보고 가야 넘어지지 않는다고,
학교 운동장 따라 돌며 브레이크처럼 소리치는 아빠

첫 등원 날 껌딱지처럼 붙어 있으려는 어린것 떼놓고
떨어지지 않는 발길, 떨어진 살구가 눈에 밟히는데
떼어내고 떼어내는 동안 여물어져 가겠지

방금 툭, 떨어진 살구가 조르르 저 혼자서 굴러 가네

기억의 서랍

기억도 점점 닳아 가는 엄마의 서랍,
언제부터 어둠이 거미줄을 쳤는지
아무리 힘껏 잡아당겨도 좀처럼 열리지 않는다

저 삐걱대는 서랍 속
하얀 스케치북 가득 메운 그림들과 만료기간이 지난 여권까지
캄캄한 서랍 속에 까마귀가 둥지를 틀었는지 까마득하다

한숨 까무룩 깊은 잠에 갇혔다가
리모컨이나 전화기를 손에 들고 종종 찾는 일
가방에 있던 거울이 사라졌다고 집안을 발칵 뒤집어 놓는
정지화면으로 사라진 기억의 하얀 배후들

어둠에서 만난 한줄기 불빛,

딸에게 들려주었던 자장가를 손녀에게 들려주며
수많은 해와 달이 차곡차곡 담긴 엄마의 서랍이 풍화한다

수마에 뽑힌 채 흙 한줌 꽉 움켜쥔 느티나무 뿌리처럼

국수

일요일 정오의 휴식처럼 나른한 메뉴가 없을까
흰소리 싫어하는 불같은 남자는
점심은 간단하게 국수나 한 그릇 먹자 한다

한 끼 건너뛰어 저녁까지 버틸 자신 없는 여자는
싹둑 자르지 못하고 못 이기는 척
손놀림이 곱지 않다
애호박과 당근, 고명으로 쓸 지단 가늘게 썬 후
마른멸치 몇 마리 띄워 육숫물 우려낸다

팔팔 끓는 냄비에 국숫가락 빙 둘러주면
티격태격 다툴 게 많아 속이 부르르 끓어도
서로 뒤엉키지 않게
찬물 끼얹으며 휘휘 젓는다

사발에 듬뿍 옮겨 담은 매끄러운 국숫발
청량고추로 더한 양념장으로 간 맞춰

후루룩 후루룩 목구멍으로 넘길 때
등심지같이 꼿꼿하던 남자의 허리도
실버들처럼 늘어진다

뜬 눈

심장이 멎은 듯 링거액 한 방울씩 떨어질 때마다
또옥 똑!
당신의 생도 어디론가 빠져 나갔다

구순의 어두운 귀만큼 눈도 어두워졌는지
곧 멈출 것 같은 초침 앞에
커다란 두 눈의 불안한 그림자

삶의 무게만큼 입이 무거웠던 당신
잘한 일도 그캐! 그른 일도 그캐!
살가운 말 한마디 없었지만

마지막까지 여린 꽃봉오리 모두 품으려는 듯
맥없는 손가락으로 허공을 가리키다
어느 순간 뚝, 멈춘 벽시계처럼
그렇게 떠나셨다

-서로 다독이며 살거래이!
마지막 인사는 굳게 다문 입이 아니라
봄볕처럼 가느다랗게 뜬 눈이었다

오월의 그늘

오월이라는 말은 참 슬프다

슬픔의 파장은 어디까지인가
그녀가 어느 무덤 앞에서 오열하는 걸 종종 보았다

꽃봉오리 같은 약속은 비눗방울 놀이 같은 것
웃음소리 동동걸음치듯 사라지자
벙어리 냉가슴엔 슬픔의 그림자가 깃든다

해마다 오월이면
치마끈으로 단단히 여민 가슴속 돌무덤 쌓이고

아기새 아침부터 재재거릴 때
가슴 항아리에 실금이 갔는지 새어나오는 물기
누군가 어깨라도 스치면 애간장 쏟아낸다

아득히 먼 곳 숨어 우는 바람처럼

꺼억! 꺼억!

벙어리뻐꾸기 목메어 우는 오월

김치 담그는 여자

진한 초록이 개성이라고 할까
때론 꼿꼿한 기질도 죽여야 할 때가 있다
기죽이는 데는 왕소금이 제격, 사이사이 뿌린다
몇 번을 뒤집어도 좀처럼 죽지 않는 숨
절인 시간이 배어들기를 기다리며
무의식적으로 당신을 떠올린다
가슴 답답한 기막힌 일 마주할 때마다
한 줌 소금도 없이 이리저리 엎어놓고 생각했을까
무엇이든 적당해야 제맛이 살아난다는 당신
어울리고 풀어질 줄 아는 찹쌀풀 같은
톡 쏘는 양념 같은 목소리 낼 때도 있지만
천성은 대가 세지 않은 따뜻한 성질이라고 할까
철 따라 밥상에 오를 김치 수시로 담그며
눈금 정확한 계량컵 대신 눈치껏 대충대충
시퍼런 갓물 빠지는 시간 조용히 빠져나오면
속까지 절여져 간이 스며드는 숙성의 시간들
맵고 톡 쏘는 알싸한, 묵은 갓김치
도대체 나는 뭘 죽여야 살아날까요?

그 여름의 허기

푹푹 찌는 저녁이면 가마솥더위로 끓인 칼국수 먹는 날 많았는데요 해거름 들판에서 돌아온 할머니, 부랴부랴 큼지막한 함지박에 밀가루 콩가루를 땀방울로 반죽해 홍두깨로 옷감 마름질하듯 쓱쓱 밀면은요 굵직한 면발도 구김살 없는 아이 같이 말랑말랑해지지요 고운 면발 넓적하게 펼친 후 착착 접힌 막내 이모 주름치마처럼 가지런히 채반에 담아 종종걸음으로 동굴 같은 부엌으로 들어가지요

크고 우묵한 가마솥에 감자 애호박 듬성듬성 썰어 넣고 아궁이에서 피어나는 생연기에 눈물 주르륵 흘리면 무쇠솥도 따라 울었는데요 펄펄 끓는 다시국물에 국수를 넣은 뒤 긴 나무 주걱으로 휘휘 저으면 타닥타닥 보채다 쉬익쉬익 김빠지는 소리가 나는데요 모깃불 피워놓은 마당에 멍석 깔고 두레상에 둘러앉아 뜨거운 국물 쫄깃한 그 맛에 어린 것 콧등에도 송골송골 땀방울이 맺혔지요

생인손

무에 바람 들듯 삭신 마디마디 쑤신다는 당신

맏딸은 살림 밑천이라고
젖배 곯아 깡마른 어린것 등에 돌배기 동생 업혀 놓고
그을음으로 눈 매운, 남의 집 셋방살이 문지방 닳도록 넘나들었지

한 뿌리에서 뻗어도 길이가 제각각인 다섯 손가락
손바닥만 한 땅에 서로 엉켜 할퀴고 꺾여 생채기 난 곁가지들

울퉁불퉁 드러난 뼈마디 위로 이리저리 드러난 창백한 얼굴들
없는 게 죄라며 엄마는 밤새 생인손 앓았지

어두운 땅속 탯줄로 이어진 뿌리에도 푸른 피가

흐를까

동지섣달 기나긴 바람소리 뒤척일 때마다
생손가락 감싸 안으며 미안타! 미안타! 하신다

펄펄 끓는 가마솥 속으로 슬픈 눈발 뛰어내리고

진눈깨비처럼 날아든 부고 소식에 찾아간 외가, 동네 어귀 조등도 눈시울 붉혔다 궂은일이라면 발 벗고 나선 그가 숨을 놓자 율리마을에 지게별 하나가 떨어졌다며 곡소리 따라 연줄로 찾아드는 이들, 상주 대신 마당 한 귀퉁이 쟁여놓은 땔나무로 군불 지피랴 가마솥 국 끓이랴 이리저리 불티 날리는데 산 사람은 살아야 한다며 곳간 인심은 잔치집인지 초상집인지 일가친척이 차려내는 훈훈한 낱상, 닭똥 같은 눈물바람도 자꾸만 등 떠미는 외삼촌 성화에 으스스 한기가 시장기로 둔갑했는지 한 사발 슬픔을 육개장에 말아 꾸역꾸역 삼켰는데, 그해 겨울 내리는 눈은 마당귀 걸어놓은 가마솥에서 펄펄 끓여내는 장작불에 죄다 녹고 말았을까

눈 오는 날에는 황태국을 끓이고 싶다

강원도 산간 폭설이 한 자 가웃 쌓였다는 일기예보에 창밖을 힐끔힐끔 내다보다 부시럭부시럭 용대리 덕장에서 사 온 황태를 꺼내 물에 불리자 바싹 마른 기억 한 쾌 하얀 포말처럼 되살아난다 7번 국도 해파랑길 따라 첫눈 마중 나선 화진포 푸른 바닷가 제비갈매기 한 마리 모래성 쌓는지 분주할 때 백사장 낯선 이름들 파도가 지운 자리에 다시 새기고 떠난 흔적들, 동해 칼바람에 하늘고개 넘지 못하고 꽁꽁 얼어붙은 약속들, 난민처럼 바다열차에 실려 도착한 밀봉된 꾸러미에는 폭설에 몽그라진 눈과 입, 고드름처럼 싸늘해진 심장을 뭉근한 불에 한소끔 끓이자 거품처럼 떠오르는 진눈깨비 같은 뿌연 얼굴이여, 새파란 불꽃에 막 날아다니는 첫눈의 날갯짓으로 온몸에 스며드는 듯 냄비뚜껑 속 들썩이는 선연한 추억이여

소나기 밥

도심 분수대는 묵은 약속들이 가끔 찾는 곳

까칠한 겉보리처럼 타지를 겉돌았는지
가무잡잡한 얼굴로 낡은 우산 받쳐 들고 나타난 옛친구

느닷없이 쏟아지는 소나기,
가마솥 광장을 아궁이 장작불 지피는 것처럼
타닥타닥 사정없이 내리친다

처마 밑에서 그칠 줄 모르는 빗줄기 잦아들기 기다리며
시 쓴다면서 시집은 언제 나오느냐는 둥
하나마나한 이야기 지루한 장마처럼 이어가다
만만치 않는 세상 만만한 게 보리밥인가

때를 한참 놓치고 들어선 보리밥 식당

콩나물 무채나물 미나리 오이 풋고추 열무김치
된장찌개
서로 밥 그릇 싸움하지 않아도 저마다 푸짐하다

창 밖에 세차게 퍼붓던 소낙비 소리 섞어
커다란 양푼에 숟가락 한데 엉켜 쓱쓱 비비면
허기를 거쳐 온 어릴 적 기억 떠오르는지
농익은 농담으로 함께 먹는 강된장보리비빔밥
꿀꺽 넘어가는 목구멍이 뜨끈한 소나기 밥

북방의 장미

북방의 장미를 아시나요? 란나 왕국 전설이 무지개처럼 남아있는, 눈이 내리지 않는 오래된 도시 치앙마이 말이예요

우린 낯모르는 사람으로 서로 말도 통하지 않았지만 천상의 놀이터에 온 듯 꽃대궐 찾아다니며 망고주스처럼 영혼은 잠시 달달했지요 낯모르는 시간 낯모르는 곳에서 낯모르는 사람으로 만나 첫눈을 기다리는 연인처럼 보낸 몇몇 날은 두 번째 봄을 만난 듯 내내 따뜻했지요 적도 부근 별처럼 유난히 빛나는 그녀의 눈과 미소는 낯설었지만 쉬이 사라지지 않네요

잠깐 그곳에 머물다 모두 남겨두고 이륙한 줄 알았는데 당신이 너무 아름다워 아무에게나 손탈까 자꾸만 염려가 되네요 봄에서 겨울로 다시 건너온 후 오래 녹지 않는 가슴속에 꽁꽁 숨겨둔 눈사람 꺼내보면서 공항에서 그녀의 입모양 따라 발음했던 '코쿤카' 따라해 보며 입술 만져 보네요

| 해설 |

시와 사랑의 변주, 그 울림의 미학

장하빈(시인)

프롤로그

"골짜기 같은 비밀"(「산정 저수지」)을 지닌 시인 하외숙의 첫 시집이 나오는 순간을 첫눈처럼 기다려 왔다. 시인과의 첫 만남은 2014년 가을로 거슬러 올라간다. 그 당시 내가 맡고 있던 중앙도서관 평생교육센터 시창작교실에서 강사와 수강생으로 만났던 것! 늘 뒤쪽 구석진 자리에 앉아 홀로 "꽃대를 밀어 올리는"(「장다리꽃」) 모습으로 기억된다. 그리고 매주 한 차례 시쓰기와 시토론을 위해 시제를 제시할 때마다, 그녀는 작품의 현장을 꼬박꼬박

다녀와서 시를 쓰는 열정이 돋보였다.

그 뒤로 수필문학관에서의 '행복한 시쓰기' 강좌에서도 줄곧 그녀와의 인연이 닿았다. 그때 만난 열혈 문우들 가운데, 뜻맞는 사람끼리, 비슷한 또래의 〈섬시〉 동인이 탄생되었다. 〈섬시〉 동인들은 소매물도, 비진도, 욕지도, 지심도, 청산도, 홍도, 흑산도와 같이 저마다의 섬 하나씩 거느리고 있어서, 호칭도 본인 이름 대신 섬 이름으로 대신했다. '청산도' 라 불리는 그녀는 〈섬시〉에 대한 애정이 무척 깊어 어느새 "섬 속의 섬"(「가파도」)으로 자리하고 있었다.

열정적일수록 허무가 찾아온다는 말도 무색하게 하외숙은 2016년 여름, 《대구문학》 신인상 당선으로 등단의 꿈을 이루었다. 그 후 지금까지 삶의 곡절을 겪으면서도 시의 날갯짓을 멈추지 아니한 결과, 등단 5년 만에 첫 시집 『그녀의 머릿속은 자주 그믐이었다』를 출간하기에 이르렀다. '등단은 결혼, 첫 시집 출간은 첫 아이 출산' 이라는 평소 자신과의 약속을 저버리지 않은 시인의 열정의 소산이다.

1. 칩거와 배회, 그 카이로스의 시간

해가 뉘엿뉘엿 질 때까지 눅눅한 벽지에다 일기를 써요
전화기가 온종일 귀찮게 보채거나 울리지 않아요

어떤 날 귀 파다 콧구멍 후비다 집을 나서
개미행렬 끝까지 따라가도 바람조차 다가오지 않아요

개울 건너 늘 비어있는 정자 이름 지어볼까
풍류정 독거정 휴휴정 심심정 미운정 고운정 깊은 정……

한나절 내내 말 걸어오지 않는 부재중 당신

오늘 밤 당신의 위로가 필요해!
문자 보내도 묵묵부답,
불면은 습기를 머금고 청승은 독버섯처럼 자라요

빗소리 베고 잠든 날 허다했지요
그물코 꿰듯 홀로 지샌다고 아침이 오지 않는 건 아니에요

—「결빙의 시간」 전문

하외숙 시인은 손녀를 봐주기 위해 안동 북향에서 한동안 머물렀다. 두고 온 시간, 두고 온 장소, 두고 온 사람이 얼마나 그리웠을 것인가? 시적 화자인 '나'(이하 '시인', '그녀'라 칭함)는 어쩔 수 없이 "눅눅한 벽지에다 일기를 쓰"고, "빗소리 베고 잠듦"으로써 고독과 외로움을 견뎌내는 '결빙의 시간'을 보낸다. 또 시인은 "빈 둥지처럼 정 붙일 곳 없"는 "하얀 침묵 수북이 쌓이는 북향집(「까치집」)"에서 "고독이 하는 말"에 귀를 기울임으로써 고독을 역설적으로 물리치는 '한설의 시간'도 맞이한다.

유폐된 장소에 놓인 '결빙의 시간'이나 '한설의 시간'은 시인에게는 성장통을 앓는 통과의례通過儀禮의 시간이면서, 삶과 시가 새롭게 탄생되는 카이로스kairos의 시간으로 특별한 의미를 갖는다.

며칠 잠잠한가 하더니 바람이 또 분다

유목민 피가 흐르면 속수무책이지
빗장 걸어놔도 널뛰는 방랑벽은 담장을 넘듯
길 떠나는 것들은 바람의 본적지를 기억하는지

물비린내 풍기는 강가로 찾아가지
쓰러진 나무 둥치에 걸터앉아 바라보는 강 건너 노을
강나루 덤불 사이 새들의 날갯짓 푸드덕거리고
큰물진 강물로 너울 뒤집어쓴 미루나무
쿨럭, 쿨럭이며 가끔씩 돌아눕는 강물

강가에서 마주친 것들은 서로의 고향을 묻지 않지
바람의 귓속말, 노을빛에 한동안 빠져 있다가도
자그럽자그럽 쌀 씻는 저녁이 오면
익숙한 밥 냄새 따라 자박자박 집으로 돌아오지

하루를 한껏 잡아당겼다가 슬쩍 놓아 버린 고무줄처럼

—「바람의 가출」 전문

배회나 방황의 상징인 '바람'이 그녀를 그림자처럼 따라다닌다. 아니, '바람'은 시인의 분신이다. 시인의 몸속에 "유목민의 피가 흐르면" 습관처럼 "물비린내 풍기는 강가"로 찾아갔다가, "쌀 씻는 저녁이 오면" 어김없이 "밥 냄새 따라 자박자박 집으로 돌아오"는 것이다. "하루를 한껏 잡아당겼다가 슬쩍 놓아 버린 고무줄처럼" 원래의 자리로 되돌아온다는 이 비유 속에는 마치 탄성彈性의 법칙이 숨어 있는 듯 독자의 시선을 끌어당긴다. 그리고 '푸드덕', '쿨럭, 쿨럭', '자그럽자그럽', '자박자박' 등의 음성 상징어音聲象徵語를 통해 청각적 영상이나 마음의 파장을 크게 불러일으킨다.

'바람'을 좇는 모습은 "바람을 원망했지만 기댈 곳도 바람뿐"이라거나 "씨앗 하나 홀씨 하나 길이 되었네"(「개망초」)라는 표현에서도 여실히 드러난다. 아마도 시인은 집 안에 머무르는 시간보다 길 위에 놓인 시간이 더 많았을 터!

이처럼 시인이 "바람의 본적지"를 찾아가는 것은 무료한 일상에서 벗어나 삶을 재충전하거나, 나 아닌 나에서 본연의 자아를 찾기 위한 행동으로 해석된다. 한편, 바람으로 태어나 바람으로 살아가는 시인은 "푸른 바람의 유령"(「바람의 유령처럼 당신은 늘 떠나려 한다」)처럼 자유로운 영혼을 가진 존재다.

2. 푸른 바람의 유령, 그 사랑의 변주

> 공항 가는 버스만 보아도 자꾸만 달뜨는 당신, 강아지와 산책 나가듯 끌고 나가는 캐리어 바퀴 소리에 달달

달 설렘과 떨림도 함께 굴러간다는 당신, 높이 오른다고 다 보이는 건 아닌데 종종 까치발을 하네요 아주 가끔 무료한 낮잠에서 깨어나 아주 멀리 떠나고 싶다 말할 때마다 공황장애를 앓던 우리

푸른 바람의 유령을 닮았는지 당신은 늘 떠나려 한다 낡은 지도 한 장 달랑 들고 이글거리는 태양 아래 그늘만 골라서 무작정 걷다가 밤이 되면 소극적인 당신, 밤하늘 빛나는 별자리를 찾겠지요 오랫동안 잠 못 들게 한 첫사랑의 부름에 응답하듯 촛불의 야릇한 미소와 뜨거운 눈물 흘리며 사교적인 긴긴 밤이 되겠지요

—「바람의 유령처럼 당신은 늘 떠나려 한다」 전문

'바람'은 사랑과 이별을 할 때도 여지없이 불어닥친다. "푸른 바람의 유령을 닮았는지 당신은 늘 떠나려 한다"며 공황장애를 앓는 모습에서 '바람'은 떠남이나 불안의 상징이 된다. 때때로 '바람'은 "풍로의 바람처럼 활활 타오르"는 정열적인 사랑으로, "태풍처럼 심장을 관통하고 떠나는 바람의 등"에서 이별의 아픔으로, "꿈결에 일어나 흐느끼는 바람"(이상 「바람의 변주」)에서 이별의 슬픔으로 다양하게 변주되기도 한다.

오늘 밤은 "빛나는 별자리를 찾는 당신"과 "촛불의 야릇한 미소와 뜨거운 눈물 흘리며 사교적인 긴긴 밤"을 함께 보내고 있지만, "뜬구름 같은 당신은 종종 영원한 건 없다"(「연애의 종점」)는 예고된 이별 앞에 그녀는 속수무책이다.

> 쑥부쟁이 풍경이 흔들리며 지나가고
> 경계선 밖으로 벗어난 걸 알아차렸을 땐
>
> 일탈이 아닌 운명으로 기억하고 싶었던 거겠지요
>
> 어쩌죠!
> 우린 들풀처럼 흔들리며 어디로 가고 있나요?
>
> 바람과 처음 손을 잡고 차차 시간이 지나면서
> 뜬구름 같은 당신은 종종 영원한 건 없다고 말할 때마다
> 대답하지 않아도 끝이 가까워짐을 느꼈어요
>
> 순환되는 계절이 벌써 몇 정류장을 지나도록
> 뛰어내리지 못하고 망설이다가
> 우린 내려야 할 목적지를 한참 지나쳐 버렸어요

밤이 캄캄할수록 달과 별이 빛나겠지만
종점은 왜 삭막한 외곽일까요?

낯선 길 위에 이제 당신은 없네요

길을 잘못 들어섰다는 걸 알아차렸을 땐
들풀처럼 흔들리며 별처럼 글썽이며
종착역에서 다시 되돌아가는 방법뿐이겠죠

—「연애의 종점」 전문

'우린 들풀처럼 흔들리며 어디로 가고 있나요?'

"일탈이 아닌 운명으로" 만난 두 연인이 흔들리는 버스에 올라 "순환되는 계절이 벌써 몇 정류장을 지나"고 "내려야 할 목적지를 한참 지나쳐"서 어느덧 경계선 밖 '연애의 종점'에 이르고 만 장면이 파노라마처럼 펼쳐진다. "낯선 길 위에 이제 당신이 없"으니 '종점'은 찬바람 부는 "삭막한 외곽"일 수밖에.

왜 '종점'에 이르고 말았을까? 당신이 처음엔 '바람'이었다가 어느새 '뜬구름'으로 변해 버린 탓이다. 하지만 그녀는 "밤이 캄캄할수록 달과 별이 빛나"는 그 순간을 떠올리며 마음을 애써 추슬러 '종점'에서 발길을 되돌린다. 따라서 시인의 생에서의 '종점'은 노정의 도착점이자 출발점이다. 거듭 읽을수록 "별처럼 글썽이"는 슬픔과 여운을 주는, 애절한 사랑과 감동의 서사시다.

3. 신천지의 봄, 마르지 않는 빨래

입춘 지나 화신풍花信風에 실려올 신천지 기다리는데 국경 넘어 날아온 난데없는 신종 봄바람이 연일 특종감이다 둔갑술 상상초월이다 점점 차단되는 햇빛, 줄어드는 말수, 늘어나는 건 침울과 침몰뿐, 꽃망울도 자폐되어 말이 없다

여기저기 마스크 쓰고 가면놀이 중인지 시간도 병들어 교회 종소리도 납처럼 무겁다 무장한 도시 흙냄새 맡은 지 언제인가 봄이 오기는 오는지 불감증으로부터 격리 해제는 언제쯤 될까 티비 속 향기 잃은 산수유 매화꽃 명멸해 가는 병천지

—「신천지의 봄」 전문

“꽃망울도 자폐되어 말이 없”고, “교회 종소리도 납처럼 무거운” 건 왜일까? 코로나19로 인해 ‘신천지’가 ‘병천지’로 둔갑한 탓이다. 불감증의 사회에 격리 수용되어 꽃의 빛깔과 향기마저 느끼지 못한다. ‘꽃망울’과 ‘종소리’를 각각 의인화한 그 개성도 돋보이거니와, 코로나 확산의 심각한 상황을 ‘신종 봄바람’, ‘가면놀이’, ‘무장한 도시’와 같이 희화적으로 풍자한 점도 너나없이 공감하는 보편성을 지닌다. 이처럼 예사롭지 않은 비유와 풍자를 통해 지금까지 안으로 향하며 개인적 고백에 머무르던 시인의 시선이 밖으로 열리며 사회적 고발로 확장되고 있다.

“시인의 임무는 잠수함 속의 토끼와 같다”(게오르규)고 했다. 시인은 사회 부조리나 병폐에 직면하면 그 위험성을 경고해야 하는 책임과 의무를 갖는다는 것이다. “남자의 목소리 콘크리트 벽을 뚫자/ 여자의 비명 역류하듯 위층까지 올라오는”(「내부수리 중」) 층간 소음의 사회 문제를 다룬 것이나, “꼬리 달린 짐승의 그림자”(「스토커」)와 같이 개로 비유된 스토커에서도 그런 시선이 잘 드러난다.

빨래처럼 그가 좁은 방 안에 온종일 널리는 건
오래된 일상이다

빚은 가리지 못하고 빨래는 쌓여가고
점점 밀리는 이자처럼 바닥에 떨어진 빨래들
반지하에서 조금씩 빚을 끌어당기는 중

장밋빛 꿈을 꾸며 채굴해보지만
마이너스 잔고는 입맛마저 앗아 가고
퀴퀴한 반지하 냄새 번지지 못하게
뒹굴며 온몸으로 쓸고 닦는다

계단이 많을수록 창문과 멀어지고
허공을 붙잡고 올라갈 밧줄 하나 없는
불을 꺼도 별이 보이지 않는
금이 가는 벽

한 평 남짓 방,
마르지 않은 빨래가 천장에 오래도록 매달려 있다

—「빨래」 전문

"마르지 않은 빨래가 천장에 오래도록 매달려 있

다"니 얼마나 충격적인 사회 고발인가? '빨래'는 밑바닥 인생을 사는 '그'의 객관적 상관물로서 좌절과 자살을 상징한다. "바닥에 떨어진 빨래"처럼 바닥에 뒹구는 소외 계층을 통해 자본주의 사회의 병폐를 넌지시 고발하고 있는 것이다. "빛을 가리지 못하고"에서 "빛을 끌어당기는"으로 이어지는 표현은 '빚'과 '빛'의 소리의 유사성을 이용한 언어유희로, 가벼운 말놀이에 그치지 않고 '절망'과 '희망'의 대조적 상황을 극명하게 보여준다.

이 밖에도 "빗줄기에 가슴 뚫린 사람들"(「비의 악기」)을 구슬픈 감정을 실어 노래하거나, "구부정한 제 그림자 데리고 빈집으로 돌아가는"(「독거」) 노인의 모습을 객관적이고 사실적으로 그려내듯이 사회적 약자를 향한 시인의 열린 시선은 곳곳에서 쉽사리 찾아볼 수 있다.

시인은 그런 절망적인 상황 속에서도 "뒹굴며 온몸으로 쓸고 닦는" 행위나, "치마끈으로 단단히 여민 가슴속 돌무덤 쌓이는"(「오월의 그늘」) 장면, 혹은 "세상 든든히 떠받칠 뿔도장을 새기는"(「넝쿨손 부부」) 모습에 시선을 둠으로써 소외된 자의 삶에 용기와 희망과 의지를 불어넣고자 한다. 바로 이런

점에서 우리는 시인의 생에 대한 긍정과 의지, 더 나아가 활달한 시적 상상력을 읽는다.

4. 기억의 서랍 속 감춰진 사랑의 상처와 비밀

기억도 점점 닳아 가는 엄마의 서랍,
언제부터 어둠이 거미줄을 쳤는지
아무리 힘껏 잡아당겨도 좀처럼 열리지 않는다

저 삐걱대는 서랍 속
하얀 스케치북 가득 메운 그림들과 만료기간이 지난 여권까지
캄캄한 서랍 속에 까마귀가 둥지를 틀었는지 까마득하다

한숨 까무룩 깊은 잠에 갇혔다가
리모컨이나 전화기를 손에 들고 종종 찾는 일
가방에 있던 거울이 사라졌다고 집안을 발칵 뒤집어 놓는
정지화면으로 사라진 기억의 하얀 배후들

어둠에서 만난 한줄기 불빛,

딸에게 들려주었던 자장가를 손녀에게 들려주며
수많은 해와 달이 차곡차곡 담긴 엄마의 서랍이 풍화한다

수마에 뽑힌 채 흙 한줌 꽉 움켜쥔 느티나무 뿌리처럼
—「기억의 서랍」 전문

이 작품은 "아무리 힘껏 잡아당겨도 좀처럼 열리지 않는" 엄마의 '기억의 서랍'을 통해 치매 노인을 다루고 있다. 그 '기억의 서랍' 속에는 "까마귀가 둥지를 틀었는지" "정지화면으로 사라진 기억의 하얀 배후들"만이 남아 있다. "딸에게 들려주었던 자장가를 손녀에게 들려주며"라도 기억을 움켜쥐려 하는 것은 안타까운 희망을 보여준다. 또한 점점 쪼그라들어 기억이 사라지는 '뇌'를, 삐걱대며 닳아 가는 '서랍'에 빗댐으로써 기억 상실의 슬픔을 증폭시키고 있다.

시인은 "무에 바람 들듯 삭신 마디마디 쑤신다"(「생인손」)며 빛바랜 시간으로 육신이 쇠잔해 가는 슬픔과 아픔을 읊조리고, "봄볕처럼 가느다랗게 뜬 눈"으로 "맥없는 손가락으로 허공을 가리키다"(「뜬

눈」) 떠나신 혈육의 임종을 지켜보는 장면을 아주 인상적으로 묘사한다. 또, 유치원에 떼어놓은 어린 손주를 '떨어진 살구' 로 비유하면서, "떨어지지 않는 발길, 떨어진 살구가 눈에 밟히는데/ 떼어내고 떼어내는 동안 여물어져 가겠지"(「살구의 시간」)라며 어린것에 대한 안쓰러운 마음과 자아 독립의 기대 심리를 동시에 담아내면서 혈육에 대한 깊은 정을 잘 드러내고 있다. 이들 모두가 시인의 의식 또는 무의식 속에 자리잡은 "기억의 손목을 꽉 움켜잡고 놓아 주지 못한" "어둠의 늑골들"(「그믐」)이며, 시인 내면의 상처와 기억의 옹두리들이다.

잠이 먼지처럼 달아난 밤 바깥은 캄캄한 절벽
도둑고양이가 찾아왔는지 창문이 조금씩 덜컹거렸다

불 꺼진 방은 누구에게도 들키지 않을 수 있어
달 없는 밤에는 떠나간 것들이 돌아오기 쉬워지지요

드물긴 하지만
닿지 못할 아주 먼 곳에서 찾아오는 이도 있지요
낯익은 얼굴들 불쑥 말을 걸어오지만 이름이 생각나

지 않아요

그런 때가 있잖아요
전신거울 앞에 드러난 젖은 나신에 잠시 도취된 적 있지만
어둠은 비밀을 만들어 달 속에 숨길 때 말이에요

잘려 나간 기억 어루만지다 밤을 새하얗게 새워 버린 날
그믐은 까닭도 모른 채 쥐 죽은 듯 절정이지요

기억의 손목을 꽉 움켜잡고 놓아 주지 못한 채
고립무원에 벗어둔 어둠의 늑골들 아무런 대답도 하지 않아요

누군가 빠져 나가는지 커튼 자락이 흔들린다
깨어 있을 때도 그녀의 머릿속은 자주 그믐이었다
—「그믐」 전문

'그믐'으로 상징되는 '그녀'는 어둠의 화신이며 비밀의 요정이다. 달이 사라진 캄캄한 밤에 '그녀'는 어둠이 되어 "잘려 나간 기억 어루만지"며 "비

밀을 만들어 달 속에 숨기"는 걸로 보아 사랑의 아픔과 이별의 슬픔 등으로 상처 받은 자이기도 하다. 따라서 '그믐'은 어둠, 비밀, 상처, 슬픔, 기억 등을 상징한다.

"깨어 있을 때도 그녀의 머릿속은 자주 그믐이었다"는 구절은 혼돈이나 아픔 등 이별의 후폭풍을 의미하는 것으로, 마치 지구 그림자가 달을 꿀꺽 삼켜 버리는 개기월식을 보는 듯하다. 그것은 "밤이면 혓바늘처럼 아프게 돋아나"(「혓바늘」)거나, "감춘다고 감춰질까 슬픔이란 것"(「와온해변」)과 같이 이별 후에 오는 것들로 더욱 자명하다.

이렇듯 「그믐」의 시는 사랑의 아픔, 이별의 슬픔, 상처와 기억, 어둠과 비밀 등을 간직한 자의 내밀한 고백으로, 독자로 하여금 감응케 할 뿐만 아니라 시인의 삶과 시에 있어서의 '절정' 또는 '정점'에 놓이는 작품으로 보여진다.

지금까지 펼쳐 본 하외숙 시인의 첫 시집 『그녀의 머릿속은 자주 그믐이었다』에서 고독과 방황을 통해 자아를 성숙시켜 온 시인, 사랑의 비밀과 상처와 슬픔을 어루만지고 보듬는 시인, 소외된 자에 대한 동정과 연민의 시선을 보내는 시인, 가족과 이웃의 따뜻한 정과 슬픈 이야기를 담아내는 시인 등의 면모를 짚어 보았다. 시와 사랑, 나와 이웃 등에 대해 시인이 겪고 꿈꾸는 삶의 파동을 다양하게 변주해냄으로써 울림과 감동의 맥놀이 현상을 불러일으키는 듯했다.

에필로그

다른 한편, 시와 함께 동행해 온 지우知友, 또는 지음知音으로서의 그녀는 "구멍 뚫린 가슴으로 된 바람 숭숭 파고들면" 한밤중이라도 가파도나 청산도, 화진포나 와온해변 등지로 훌훌 떠나는 데서 낭만적 일탈을 꿈꾸는 시인이라는 점을 빼놓을 수 없다. 따라서 "섬 속의 섬"(「가파도」)을 찾아가는 "북방의 장미"(「북방의 장미」)라는 자기애自己愛)강한 그녀만의 아름다운 개성을 엿보게 한다.

> 북방의 장미를 아시나요? 란나 왕국 전설이 무지개처럼 남아있는, 눈이 내리지 않는 오래된 도시 치앙마이 말이예요

우린 낯모르는 사람으로 서로 말도 통하지 않았지만 천상의 놀이터에 온 듯 꽃대궐 찾아다니며 망고주스처럼 영혼은 잠시 달달했지요 낯모르는 시간 낯모르는 곳에서 낯모르는 사람으로 만나 첫눈을 기다리는 연인처럼 보낸 몇몇 날은 두 번째 봄을 만난 듯 내내 따뜻했지요 적도 부근 별처럼 유난히 빛나는 그녀의 눈과 미소는 낯설었지만 쉬이 사라지지 않네요

잠깐 그곳에 머물다 모두 남겨두고 이륙한 줄 알았는데 당신이 너무 아름다워 아무에게나 손탈까 자꾸만 염려가 되네요 봄에서 겨울로 다시 건너온 후 오래 녹지 않는 가슴속에 꽁꽁 숨겨둔 눈사람 꺼내 보면서 공항에서 그녀의 입모양 따라 발음했던 '코쿤카' 따라해 보며 입술 만져 보네요

—「북방의 장미」 전문

하외숙 시인의 첫 시집 『그녀의 머릿속은 자주 그믐이었다』를 여닫으면서 좀처럼 사라지지 않는 긴 여운은 마치 그녀가 생뚱맞게도 '북방의 장미'로 다가온다는 점이었다. 바로 그녀가 독자에게 "낯모르는 시간 낯모르는 곳에서 낯모르는 사람으로 만나 첫눈을 기다리는 연인"이었고, 시집 갈피마다 "천상의 놀이터에 온 듯 꽃대궐 찾아다니며

망고주스처럼 영혼은 잠시 달달함"을 누릴 수 있었다. 훗날 "오래 녹지 않는 가슴속에 꽁꽁 숨겨둔 눈사람" 같은 시집을 다시 꺼내보면서 나도 무심결에 '코쿤카' ('감사합니다' 의 뜻의 태국어) 하고 중얼거려 보며 나만의 '북방의 장미' 를 떠올려 보리라.

反詩시인선012
그녀의 머릿속은 자주 그믐이었다

2021년 3월 19일 초판 1쇄

지은이 | 하외숙
펴낸이 | 강현국
펴낸곳 | 도서출판 시와반시

등록 | 2011년 10월 21일 (제25100-2011-000034호)
주소 | 대구광역시 수성구 지산로 14길 83, 101-2408호
대표전화 | 053)654-0027
팩스 | 053)622-0377
E-mail | khguk92@hanmail.net

ISBN 978-89-8345-109-5 03800